KB252654

아기처럼 늙어 가는 길

아기처럼 늙어 가는 길

조현국 시집

좋은땅

시인의 말

이 시집은
무언가를 이루기 위해 쓰지 않았습니다.
다만 지나온 시간을 돌아보며
남겨야 할 마음을 골라 적었을 뿐입니다.

밥 한 끼의 온기,
건네지 못한 말 하나의 무게,
끝났다고 믿었던 길 너머의 다른 길들.

그 모든 것이
지금의 나를 여기까지 데려왔습니다.

나이 든다는 것은
단단해지는 일이 아니라
다시 아기처럼
부드러워지는 일임을 이제야 알겠습니다.
말은 줄이고

걸음은 천천히 하게 되었습니다.

완주라 불리는 순간에도
삶은 멈추지 않았습니다.
길은 늘 그다음에 있었고
나는 여전히 걷고 있습니다.

이 시들이
누군가의 마음 가장자리에
잠시 내려앉았다가
조용히 다음 걸음을
내딛도록 등을 다독이는
작은 바람이기를.

2026년 2월

- 조현국

차례

제1부

아기처럼 늙어 가는 법
- 단단함을 내려놓고 다시 부드러워지는 일

—

나이 든다는 것은

더 단단해지는 일이 아니라

다시 부드러워지는 일임을

이제야 배운다.

알고 있던 것들을 하나씩 내려놓고

처음부터 서툴게 걷는 모습,

넘어져도 부끄러워하지 않는 마음.

나는 오늘도

아기처럼 늙어 가는 길 위에 있다.

아기처럼 늙어 가는 길

나이 들면
웃음이 먼 별빛처럼 드물어지고
밤은 조각나
몸은 어둠 속 길을 다시 더듬는다

말은 짧아지고
고집은 작은 뿌리처럼 돋아
마음은
어린 떼를 다시 기른다

단단함은 스러지고
부드러움이 돌아와
하루는 이유식처럼
천천히 풀린다

감정은 비단 한 겹이 되어
따뜻한 빛에도 살짝 울고

사소한 그늘에도
금세 흔들린다

그러다 우리는
작아진 걸음으로
첫울음이 머물던 자리로
되돌아간다

희미해지는 것이 아니라
먼 길을 돌아온 마음이
파스텔처럼 맑아져
아기처럼 늙어 간다

위대한 조연(助演)

노을이 아름다운 까닭은

장엄한 하늘을 위해

자기 몸을

촛불처럼 태우기 때문입니다

달빛이 아름다운 까닭은

마음에 드리운

먹구름 사이로

한 줄기 길을 내어 주기 때문입니다

별빛이 아름다운 까닭은

별이 되어서도

자식의 꽃길을 위해

밤을 지키는

이정표이기 때문입니다

노을과 달빛과 별빛이

아름다운 까닭은

앞서지 않고

집착하지 않으며

다른 이를 끝내 빛내는

위대한

조연이기 때문입니다

늙은호박

늦가을만 되면
또 진다

부러우면 지는 거라지만
저 늙은호박 앞에서는
도무지
이길 재간이 없다

펑퍼짐한 궁둥이로
땅에 찰싹 붙어
세월을
눅진하게 버텨 내더니

늙을수록
오히려
쓰임이 는다

찌개, 범벅, 죽
어디에 넣어도
제 몫을 하고
속은
황금빛이다

겉은 주름투성이지만
속은 알차고
따뜻하고
영양까지 철철

사람하고는
참 다르다

우리는 나이 들수록
겉치레는 늘고
속은 허해지는데

서늘한 시렁 위
호박 하나

나를 내려다보며
말하는 듯하다

늙어도
대접받는 법
잘 보셨죠

오늘도
늙은호박에게
한 수 배운다

나에게 건네는 용서

사람살이 다 그렇다
스스로에게 화내지 않고
가슴에 구멍 없는 이
과연 있을까

다 그렇다지만
이제는
나 자신에게
용서라는 선물을 건네려 한다

그것이
나를 사랑하는
가장 늦고
가장 다정한 방식이니까

꼰대 탈출

행동은 느리고
눈치는 더 느리다
줄은 넘기 쉽고
대접을 기대한다

나이 든 내 눈에도 밉상
젊은이 눈엔
낯설지 않은 장면일 것이다

대화하다가 툭,
떨어뜨린 한마디
돌아올 때는
'꼰대'라는 딱지를 달고

왕년의 이야기는
소리 낮춰 접고
내 말이 정답이라는 확신도

잠시 보류

세상은 이미
내 속도 밖으로 달려갔다
따라잡으려 애쓰는 대신
비켜서는 법을 배운다

입은 조금 닫고
귀는 몰래 키운다
가르치지 않아도
존중받는 나이

꼰대 탈출은
요령이 아니라
연습이다
오늘도 거울 앞에서
실습 중이다

석양

서녘의 모퉁이에서
붉은 마술이
조용히 시작된다

어느 시인도
어느 화가도
끝내 담아내지 못할
순간의 깊이

긴 세월을 견디며
얼마나 많은 기쁨을 품었기에
구름마저 불러
마침표를 찍는가

험한 산을 등에 지고도
내색 한 번 없이
뜨거운 가슴으로

하루의 여정을
끝까지 태우는 너

얇은 달과의 경계가
흐려질 때까지
흩트림 없는 그 길
그 길을
나도 걷고 싶다

삶의 끝자락에서
가슴 벅찬 깨달음으로
내 황혼 또한
너처럼
우아했으면

인생의 겨울이
오기 전에

당신을 향한 침묵

당신에게
위로나 격려의 말을
제때 건너지 못해
마음이 오래 머뭇거렸습니다

말을 고르는 사이
시간이 먼저 흘러가
차마 꺼내지 못한 문장들이
마음속에만 차곡차곡 쌓였습니다

그래서
나는 침묵을 택했습니다
닿지 못한 말들이
조용히 당신 곁에 머물기를 바라며

그 침묵이 무례로 읽힐까
우리 사이 온기가 식지는 않을까

혼자서 여러 번
접었다 펴 보았습니다

이제는 압니다
세월이 나를 천천히 눌러
말보다 오래 남는 마음이 있다는 것을

내 안에는 이미
당신을 향한 사랑과 그리움의 연서가
끝내 부치지 못한 채
완성되어 있다는 것을

사랑은
말로 쓰는 편지가 아니라
보내지 않아도
지워지지 않는
침묵의 기록이라는 것을

나의 시

글쎄, 직업병일까
평생을 정제된 말의 틀에
갇혀 살아온 터라

자기검열의 굴레를 벗고
잠든 감성의 문을 두드리며
다시 묻는다
글쎄, 이게 시일까

이순을 지나
홀로의 시간을 즐기며
시는 쓰되, 시인은 아니라서
쓰면 쓰였다고
웃어넘긴다

울림 없는 낙서라 해도
민망하지 않으니

오늘도 그렇게
나의 시는
조용히 그려진다

억새에게 배운다

가을 햇살 머금은 억새꽃이
온몸으로 말한다

가냘픈 몸
비바람 후려쳐도
은빛 머리 조아리지 않는다

눈높이 맞추려
낮은 언덕에 자리하고
얕은 뿌리만은 지키려
일사불란한 춤사위로 흔든다

추한 모습 없이
후손 퍼뜨리고
조용히 누렇게 눕는다

이 가을—
너처럼 익어 가고 싶다

진갑(進甲)

내 나이 진갑,
인생 시계도
어느새 가을에 걸렸다

누군가 묻는다
지나온 삶이 어땠느냐고

나는 말 대신
미숙함이 남긴 흔적들을
조용히 내어놓는다

군데군데 고장 난 몸,
뒤늦게 손보아야 할 마음
나를 아끼지 못한 시간들

백세의 시대
진갑은 아직

열세 번째 홀
남은 여섯 개의 깃발이
바람 속에 서 있다

모자람을 채우기엔
아직 충분한 거리

진갑이
육십갑자의
다시 시작이듯

나는 조금 더 단단한 걸음으로
다시 나선다

걸음이 익어 갈수록
삶은 말없이
묵향을 남기리

진갑이여
이제부터다

인생의 후반전
굿샷을 향하여

그냥 사는 건 없다

살아가는 데는
저마다 다 이유가 있다

바람 부는 날에
새가 집을 짓는 이유는
폭풍우를 견디기 위함이고

바람에 베인 소나무가
송진을 뱉는 이유는
상처를 치유하기 위함이며

큰 나무 아래 수풀이
고요히 숨 고르는 이유는
햇빛 한 줄기 더 얻기 위함이다

살아가는 일에는
저마다 이유가 숨어 있다

살아남기 위해 버티는 게 아니라

버티기 위해 사는 것처럼

33

미숙(未熟)에게

괜찮아,
인간이니까

너 자신과의 약속도
핑계에 깨뜨릴 때가 있다

실수 인정하기 어려워
어리석은 행동도 하고

겉모습 다듬느라
속마음 가꾸기는 잊는다

남에게 엄격해도
네 허물은 헤아리지 못해도

원래 힘든 일이다
자책 말자

괜찮아,
성숙(成熟) 언니도
처음엔 다 그랬으니까

핑크빛 인내

고집부리지 마라
삶은 본래 고통이다

쾌락은
독립된 공간이 없다

고통 속에서 피어나는 건
핑크빛 인내일 뿐이다

떼쓰지 마라
불행은 삶의 상수(常數)다

행복은
마음의 저장 공간
생채기를 어루만지는 과정일 뿐이다

오십견(五十肩)

한밤중
슬쩍 다가와
집적댄다

왼팔을 타깃 삼아
콕콕
잽을 날린다

비몽사몽
몸을 피하며 버티면
이번엔
비틀기

욱신
욱신
저려 오고

뒹굴며
옆 구르기
그게
최선의 방어

급기야
항복을 받아 내려는 듯
팔을
두 다리 사이로 끌어넣고
꺾기

맷집에도 한계가 있다
관절에
후유증이 남기 전
링 위로
타월을 던지고 싶다

하지만
항복도
맘대로 안된다

팔은
어깨 위로
오르지 않고

길고
더디고
괴로운

불면의 밤이
또
한 판
시작된다

한 끗 차이

누가 말했을까
여성은 감성적이고
남성은 이성적이라고

사실은
감성과 이성 사이를
오가고 있을 뿐이다

누가 말했을까
남성은 마음에 담은 말을 하고
여성은 마음에 떠오른 말을 한다고

결국은
누구나 하고 싶은 말을
조금씩 다르게 표현할 뿐이다

누가 말했을까

여성은 섬세하고
남성은 투박하다고

그저
타고난 기질의 차이일 뿐이다

남녀의 차이는
처음부터 있는 게 아니라
선입견이 만든 그림자일 뿐

그러니
있는 그대로 받아들이자

우월함도
열등함도 없이

남녀의 마음은
눈곱만큼 다를 뿐

그래서 결국,
한 끗 차이

슬기로운 은퇴생활

나가자
은퇴자에게
집은 분란의 씨앗이다

눈 뜨면
바깥이 보금자리

피하자
마누라의 눈초리는
회초리니

눈 피하는 게
최선의 반항이다

잘 듣자
아내의 잔소리는
귀한 보약

따지고 들면
상처는 내 자존심이다

달리자
삶의 전부는
돈이 아니라 건강

하루 만 보 이상
걷고 또 달리자

사귀자
은퇴 후의 외로움은
병보다 깊으니

우정 어린 벗과
관계를 지켜 가자

제2부

밥과 사람 사이
- 살아낸 하루의 온기

—

밥 한 끼에는

살아낸 하루의 온기가 담겨 있다.

같이 먹던 얼굴,

먼저 수저를 들던 손,

말없이 국을 밀어 주던 시간.

무심한 안부와

말 못한 미안함이

오래도록 나를 살게 한다.

이 부(部)의 시들은

허기보다 먼저 찾아오는

그리움에 관한 기록이다.

꽁보리밥

등산을 마치고
허기 달래려
꽁보리밥 집에 들었다

아이고,
옛날 생각이 문득 난다
그땐 보리밥이란 게
입안에서 빙빙 맴돌다
겨우
목구멍으로 넘어가던
시절이 있었다

세월이 야속하다더니
그 보리밥이
우릴 살린
귀한 밥이었다

나물 몇 가지 올리고
강된장 한 숟갈
꼭 눌러 담아
고추장 달콤하게
한 점 얹어
쓱쓱 비비면

볼때기 미어지게 먹어도
어쩐지
고소하다

잠시 뒤
뱃속에서 '뿡'
풍악이 울리고
그제야
속이 스르르
가라앉는다

그 편안함이란 게
별것 아닌 듯하면서도

참 고맙다

부엌 한편
바람 솔솔 들던 자리
삶아 말리던
보리 소쿠리
그 위로
쥐새끼 하나
슬금슬금 기웃대던
그 옛날 풍경까지

밥내와 함께
다시 살아난다

행복

아침이 좋다
날씨가 끄무레해도 괜찮다

기다리는 일이 있고
보고 싶은 사람이 있어서

햇살이 밝으면 더 좋겠다
괜히
하고 싶은 일이 생길 것 같아서

사소한 것에도
웃음이 먼저 나올 것 같아서

부부나무

- 연리지

두 그루의 나무가
나란히 서 있다

나이테가 켜켜이 쌓이며
헤아릴 수 없는 시간을
사랑이라 부른다

맞닿은 껍질은 터지고
맨살이 부딪쳐
두 몸은
서서히 한 몸이 된다

부부나무는
그저
하나가 되지 않는다

칠천 겁의 인연

상처 난 가지끼리
서로를 안아
더 큰 나무
더 넓은 그늘로 자란다

상처 입은 나무가
더 단단해진다는 것을
말없이
몸으로 가르친다

그래서
부부나무는
더 신비롭고
더 숭고하다

토끼띠 각시에게
-호랑이띠 남편의 늦은 독백

보름달 아래
절구질하던
스물여덟 옥토끼 각시

호랑이 등에 실려 온
그날부터
버럭으로 뿜던
내 기세 속에서도
당신은 묵묵히
가정의 숨결을 지켜냈지요

소리 없이 다져 낸
서른여섯 해의 살림
당신의 목소리는
언제나 오늘을 향했고
당신의 손길은
늘 내일을 향했습니다

크게 울지도

빛나게 자신을 꾸미지도 않았지만

가정을 떠받친 기둥은

호랑이 발톱이 아니라

당신 이마에 맺힌

이슬이었음을

이제야 알겠습니다

그믐달 오기 전

남은 온기를 눌러 담아

당신의 주름

깊은 곳부터

사랑으로

돌려드릴게요

멀리 돌아온 세월이

조금도 억울하지 않게

우리 사이 빈칸마다

미소를

심어 가겠습니다

그리고

당신이 허락한다면

다음 생에는

버럭 대신 애교 한 스푼 얹고

호랑이 흉내는 조금만 내며

당신 손,

처음부터

꼭 잡겠습니다

우리 장모님

“야들아,
이제 실컷 살았다
앞으로 딱 삼 년만 더 살면
여한이 없다.”

그 삼 년이
두 번이나
흘렀다

“야들아,
소불고기만 실컷 먹으면
여한이 없다.”

그 말씀이
이제는 소육회로 바뀌었다

“야들아,

너거들 덜 힘들게
빨리 죽어야 할 긴데…"

말씀은 그렇게 하시면서도
자식 걱정에
허리 굽은 줄 모르시고

대장암 수술인지도 모른 채
꿋꿋이 견뎌 낸
대한민국 엄마의 힘

그 이름
우리 장모님

올해 구순

"이제 여한이 없다."
하시던 그 말씀이
정녕 아쉬움으로 남지 않도록

그 목소리

오래오래

듣고 싶습니다

아내를 위한 기도

내가
여름비가 되어
당신의 피로를 씻는
깊은 꿀잠에
스며들게 하소서

내가
얼음이 되어
당신 가슴속
오래 쌓인 화병의
열불을
가만히 식히게 하소서

내가
손수건이 되어
당신이 남몰래
눈물 훔칠 때

그 울음을
소리 없이 감싸게 하소서

내가
시인이 되어
지친 당신에게
한 송이
시의 꽃을
건네게 하소서

마지막으로
내가
햇살이 되어
당신의 뜨락에
오래 머물게 하소서

오늘도
두 손 모아
조용히
기도한다

그리움이 그리워

그리움은
요술쟁이

간직하려 하면
비에 씻기고

붙잡으려 하면
바람에 실려 가며

바라보려 하면
구름에 가리고

새기려 하면
눈에 덮인다

그리움은
세월을 만지는 손

접었다 펴며

시간에

주름을 남긴다

아득한 별

별을 본다는 말은
하늘의 별을 따는 일

도회지의 삶이 버거워
떠난 것일까

누가 더 빛나는지
서로를 재던
경쟁의 늪에 지쳐

잰걸음에 몰리다
문득
뚜벅이 인생이 그리워

탁한 공기를 벗어나
삶의 지분 하나
되찾고자

도시를 내려놓았을까

어무이 별
아부지 별도
그 대열에
조용히 합류하셨는지

겨울밤이면
더 또렷해지는 별빛에
그리움이
사무쳐 온다

별의 길을 따라
외딴곳으로 가
아득한
어무이 별
아부지 별을
한 번쯤
올려다보고 싶다

무청 시래기

가을걷이 끝나면
집집마다 낮은 처마 아래
가난을 주렁주렁 매달던
초라한 기억

생김은 투박해도
속은 오래 끓일수록
말이 없고
진국이다

아홉 식구의 겨울
된장 한 숟갈에
시래기만 있어도
밥상은 충분했고

꽁치 한 토막 얹히는 날은
말 그대로

잔칫날이었다

바람 센 날이면
그 풍경이
마음속으로 먼저 들어와
나를 데운다

짚으로 길게
사랑을 엮던 아부지
양은솥 구수한 냄새로
집합을 알리던 어무이

시래깃국에
고추장 듬뿍
우애를 말아 먹던
육 남매

아, 오늘은
더 오래 씹히고
더 깊이 남는다

오일장

오일장 날 아침
난 이유 없이 재래시장에 발길 기운다

살 것은 없고
사고 싶은 건 정겨움 한 봉지

골목은 좁을수록 사람 냄새가 짙고
단골집 처마 밑에서는
안부가 먼저 오간다

돈을 사려고
보자기 펼친 할머니 좌판
가격보다 인심이 먼저 흘러넘친다

부딪히는 소리들
흥정과 웃음이
오늘 하루의 약이 되고

곰탕 가마솥처럼
오래 고아 낸 기억 속에서
나는 한 숟갈씩
어린 날을 떠먹는다

사라져 가는
오일장 난전의 풍경은 멀어지는데
이상하게도
그리움은 점점 가까워진다

흔들이 핫팩

행여 상처 입을까
살짝 비비고 흔들면
금세 뜨겁게 달아오른다

체면은 없다
밀당 같은 건 모르는
직진형 체질

떠날 때를 아는 듯
그저 혼자
전력으로 타오른다

온몸이 불덩이가 되어
화상이 걱정돼
맨살의 접촉은 끝내 허락하지 않는다

이별이 두려워

주머니 속에 품었건만
굵고 짧은 사랑을 마친 뒤
서서히 식어
자기 몫의 밤을 마감한다

그대는
마음까지 녹여 주고 사라지는
하루살이 같은
참 사랑꾼

지켜 주지 못해 미안했고
헌신은
충분히 뜨거웠다

찬바람 다시 불면
조금은 성숙해져
우리
또 만나자

은퇴한 벗에게

친구야
평생을 치열하게 달려왔으니
이제는
저속 기어에 몸을 맡기고
천천히 가자

친구야
세월이 깊어질수록
외로움도 잦아들지 않더라
가족이 채워 주지 못한 자리만큼은
우리, 서로의 말로
덮어 가며 살자

친구야
여전한 눈치도
이젠 웃음으로 넘기자
치마폭 아래에서 배우는 일도

삶의 기술이라
여기며

친구야
자식 걱정 끝이 없지만
그 걱정에
다시 끌려가지는 말자
잃어버린 나 하나쯤은
되찾아도 되는 나이니까

친구야
집안 서열 꼴찌라 서운해도
가끔은
고명이 주인공을 살린다는
그 착각으로
하루를 건너자

친구야
그래도
아직은 살만하지 않느냐

속마음 터놓을 벗 하나 있으니

이쯤 되면
세상도
우리를 갑(甲)으로
쳐 주려니
그렇게 믿고 살자

속마음 터놓을 벗 하나 있으니

창포산˚ 소나무를 보내며

그저
서 있기만 해도
네게 더는 바랄 게 없거늘

시듦병˚˚에
붉게 얼룩지던 몸은
굉음 속에서
차례로 베이고

붉은 철갑의
뼛가루가 쌓이며
창포산은
하얗게
야위었다

슬픔이
산허리를 휘감고
국기봉의 깃발마저
고개를 떨군다

뭉그러진 추억 속 숲은
말없이 통곡하고
겹겹이 누운
동강 난 몸들 위로
산객의 눈물비가
내린다

시한부 솔에 둘린
예방의 띠
그 위로
먹구름이 걸리고

빈자리의 허전함에
골바람이 만든
상여길을 따라

앙상해진
내 영혼도
함께 간다

겨울밤의 그리움

앙상한 가지 끝에
매달린
가련한 인연 하나

기억이 야위어도
겨울밤이 차오르면
꽁꽁 숨겨 두었던
그리움이
깨어난다

그윽한 달빛 아래
서리 머금은 정화수에
간절함을 올리시던
어무이

해거름마다
장작을 얼키설키 쌓아

온기를 지피시던
아부지

밤이 깊어질수록
별이 된 당신들께로
향하는 그리움은
더 짙어지고

긴 어둠 속에서
그리움만이
또렷이
빛나고 있다

경로당 가는 길에

조각난 밤을 싣고
유모차를 앞세워
다시
직립보행을 배운다

풍설에 휘어진 시름은
잠시 내려두고
권태의 시간을 채우는
작은 곳간으로
향한다

살아온 이야기를 나누며
다가올 두려움을
서로의 말로 덮는다
행복 호르몬이
은근히
차오른다

그러나
땅거미 질 무렵이면
세월이 빚은
검버섯처럼
짙어진다

고독에 갇힌
바보상자 하나가
집에서 기다리고 있음을
알기에
돌아서는 걸음은
오늘도 조심스럽다

만년필

새벽을 보채는 울음이
적막을 깨운다

허기를 달래려
아기가 젖가슴을 찾듯
그리움 하나 건지려
나는 너를 쥔다

촉이 종이에 닿으면
마중물이 길을 트듯
그리움이
그리움을 불러
한 방울씩 모인다

지우려 할수록
더 짙게 번져
마음의 바닥을

천천히 적신다

잉크를 품은 종이는
낮은 콧노래로
진실을 불러내고
나는 그 소리에
잠시 웃는다

둥근달 같은
젖빛 기억이 스칠 때
너는 금세
시가 되어
내 손에 안긴다

제3부

말이 머무는 자리

- 비우고 남은 것들

—

말은

다하지 못한 곳에 오래 남는다.

삼킨 문장,

미뤄둔 대답,

끝내 부르지 못한 이름들.

이 부(部)의 시들은

말이 지나가지 못하고

머물러 버린 자리에서

조용히 시작된다.

말(言)의 무덤에서

무덤에 묻어야 할 건
사람의 몸만이 아니다

사람의 등을 굽게 만드는 말
밤잠을 흔든 말
마음을 베어 버린 말

그런 말들은
살며시 관에 눕혀
말(言)의 무덤
깊은 곳에 보내자

흙 속에서
상처도 천천히 삭아
바람처럼
사라질 테니

우리 곁에 머물러야 할 말은
누군가의 손을 잡아 주고
지친 마음 위에
조용히 놓이며

아무 말 없어도
위로가 되는
그런
따뜻한 숨결이면 좋겠다

오늘
내가 건넨 한 마디가
누군가에게
아릿한 자국이 아니라

살아갈 힘
한 줌이 되기를

비움의 역설
- 말이 머문 뒤에 남는 것

다 내려놓았다 말하지만
분노는 여전하다

비움이 채움이라는데
욕심에 갇혀 있고
겸손이 힘이라는데
자랑의 독을 삼킨다

다 내려놓았다 하면서도
집착의 소용돌이에 빠져
헤어나지 못한다

나약한 영혼은
지친 육신에게
부채를 떠넘긴다

천천히

더 내려놓자

조각난 마음을 달래며
내가
나를 지킬 때까지

칭찬

칭찬은 고래도 춤추게 한다더니
오늘은 내가 그 고래였다

한마디 말에
몸보다 마음이 먼저 풀려
하루가 가볍게 건너졌다

나이가 들어서도
우리는 여전히
칭찬을 먹고 산다

그 말 한 줄이
자존감을 세워
내일 쪽으로 등을 밀어준다

그래서
나도

칭찬을 건네는 사람으로
조금 더 자라고 싶다

자투리 삶

희붐한 새벽
허공을 움켜쥔 서러움에
잠시 몸이 기운다

육십갑자 돌아
관은 엉기고
기둥은 비틀렸으나

거푸집이 부서진 자리에서
하루는 다시 세워진다

이 남은 시간
보송한 아기 분내처럼
마음의 향으로 달궈

암막 틈
한 줄기 빛이 눈을 여는 순간처럼

작아진 비누에서도
끝내 향이 나듯

인생의 자투리
작은 틈을 단단히 쟁여
말없는 노을 하나
지니고 싶다

그림자

처음
너를 보았을 때
공포였다

막무가내로 따라와
숨 쉴 틈 없이
내 발밑에 붙어 있었으니까

너와 거리를 재던
그 시간
너는
설렘이었고

줄타기하듯
가까워졌다
멀어지며
내 마음을 시험했다

알아갈수록
너는
흠모가 되었다

배신하지 않고
말없이
늘 같은 자리에 있었으니까

기쁠 때는
실루엣까지 웃어 주고
답답할 때는
가슴에 얹힌 돌을 가려 주며

힘든 날엔
피하지 않고
살포시
어깨를 내주던 너

가식 없이
내가 걸어온 길을

끝까지
함께 걸어준 존재

네가 사는 세상은
온통
충성으로 이루어져 있다

참,
부럽구나

청사(靑蛇)의 해에는

푸른 뱀띠 해에는
날선 말의 파편이
보름달처럼 둥글게 빚어지고

편가르기 선이
그믐달처럼 흐릿하게 그어지며

남 탓 타령이
낮달처럼 희뿌옇게 사라지기를

부디, 푸른 뱀띠 해에는
해묵은 허물 벗고
긍정의 기운이 한껏 피어나기를

시를 쓰는 시간

책 귀퉁이를 펼치듯
그리움 하나를
살짝 펼쳐

그리움 너머의
또 다른
그리움을 그린다

한 땀 한 땀
뜨개질하듯
한 줄 한 줄
감성을 엮어

가느다란 실
한 올로
마음의 집을 짓는다

시를 쓰는 시간

스무고개 놀이처럼
세상사를 묻고
또 물어
지혜의 방아를 찧고

나무가 흙을 움켜쥐듯
세월의 소매를
꼭 붙잡아

빛바랜 인생의
앨범
한 권을 만든다

모과(木瓜)

전생에
무슨 허물이 있었기에
이토록 울퉁불퉁하게
빚어졌을까

과일 앞에 앉으면
세상은 말한다
반질반질해야
잘 팔린다고

나는
온몸에 기름을 바르고
부황 자국 같은
흔적을
문신처럼 품는다

그래도

사람들은
상처는 보지 않고
때깔만 본다

못난 껍질 아래
숨겨 둔 향기
그 진심을
맡아 주는 이는
드물다

하지만
나는 안다

겨울 한편
방 안 가득 퍼질
내 향 하나로
세상은
잠시
따뜻해진다는 것을

소통(疎通)

비는
개구리가 우는 소리다

개구리는 안다
소통이란
너와 내가 경계 없이
뜨겁게 울어 대는 것임을

메기고 받으며
불협화음을 줄이려
합창하는 것이다

시(詩) 1

틈만 나면
조개껍데기 소라게처럼
내 마음속으로
슬며시 들어와

쇳대 꾸러미로
녹슨 감정의 곳간을 열고

흐릿한 내면의 창을 닦아
잠든 끼를 세상 쪽으로 밀어

불면의 밤
사유의 길을 걷게 한다

백화점 풍경

아줌마는
역도선수 같습니다
들었다 놓았다
하루의 무게를 들어 올립니다

아줌마는
모델 같습니다
입었다 벗었다
가족의 사계를 갈아입습니다

아줌마는
쇼트트랙 선수 같습니다
빙판 같은 바닥을
돌고 돌아도
미소를 잃지 않습니다

대한민국 아줌마

오늘도
삶의 런웨이에서
가장 빛나는 주인공입니다

불편한 진실 1

머리는
생각을 뽐내고
손은 재능을 드러내지만

발은
묵묵히
몸의 전부를 떠받친다

수천 번의 고단함으로
삶의 길을
앞서 열어 가도

그 누구도
발을 칭찬하지 않는다

그 사람이 걸어온 길의
치부를

씨줄과 날줄로 꿰맨

발바닥이

모든 것을 알고 있음에도

아무도

두려워하지 않는다

세상의 무게는

언제나

보이지 않는 곳에서

버텨지고 있다

불편한 진실 2

누군가를 돕는 손길이
진심이라
믿고 싶었다

하지만 문득
그 손끝에 남은 온기가
타인을 향한 온도인지
내 마음을 데우려는
열기인지
가늠할 수 없다

남을 위한 봉사인지
겸손을 빌린
자기만족인지

시선의 끝이 닿은 곳에서
되묻는 순간

양심이
거울을 들어
나를 바라본다

그 거울 속의 나는
불편하게도
아직
순수하지 못하다

2월 다짐

새해에 선물 받은
연필 한 다스

다짐을
꾹꾹 눌러 새기다 보니
벌써 하나
몽당연필이 되었다

입춘에는
그 다짐의 씨앗을 꺼내
얼마나 단단해졌는지
스스로를
살펴본다

대보름에는
그 뿌리가 흔들리지 않게
부럼을 깨물며

마음을
다진다

그리하여
짧기만 한 2월에도
검은 심지에 새긴 말이
끝내
지워지지 않기를

시(詩) 2

너를 알기 전까지
너는 그저
길지 않은 활자에 지나지 않았다

찬찬히 들여다보자
울림이 새록새록 피어나고

그리움이 나울거리면
가슴에 화석처럼 새겨 두고

슬픔이 깊게 저려오면
멀어지는 썰물처럼
쪼개어 밀어내고

깨달음이 덧없이 사라질 때면
쇠한 영혼을
죽비처럼 두드려 깨운다

너를 알고 난 후에야

너는 결코 짧지 않은

내 본성을 달래 주는

울림통이었음을 안다

날갯짓, 대한민국

가난의 멍에를 벗고
반세기 만에 창공에 오른 새
숨 가쁘게 날갯짓으로
선진의 문턱에 닿았으나

날갯죽지엔
욕심과 오만이 먼저 번졌다

길을 냈던 그 날개는
이제 이념의 그물에 발이 묶여
자유는 평등을 경계하고
평등은 자유를 의심한다

하늘을 향해야 할 두 날개가
서로의 깃을 물어뜯으며
같은 둥지를 스스로 찢고 있다

정치라는 이름의 새여
비익조로 날아야 할 두 날개가
권력의 미끼 앞에서
바람을 잃었다

국민의 어깨 위에서
깃털은 하나둘 빠지고
꿈은 낮은 고도로 흔들린다

도약의 순간마다
스스로 추락을 택해 온 시간들

이제는 깨어나야 한다
이념보다 상식으로
대립보다 책임으로

작은 나라여,
다시 하늘을 기억하라

두 날개가

한 몸의 호흡으로

조심스럽게, 그러나 끝내

화음의 하늘을 향해

다시 날갯짓하기를

제4부

길은 계속된다

- 완주 이후의 삶

—

끝을 생각하면

발걸음은 가벼워지고

계속을 믿으면

다시 걷게 된다.

이 부(部)의 시들은

완주가 아니라

멈추지 않으려는 선택,

그 다음 걸음에 대한 이야기다.

올레, 그 다음의 길

돈은 쓴 만큼 사라지고
땅은 밟은 만큼 몸에 남는다

나는 신발 밑창으로
제주를 건넜다

돌의 숨결에 귀 기울이며
바람이 먼저 적어 둔 말들 위로
조심스레
발을 놓았다

길은 끝을 말하지 않았고
나는
도착을 서두르지 않았다

비워진 자리마다
방향은 스스로 생겨났고

내려놓은 것들은
발걸음을 가볍게 했다

완주의 종이 울렸을 때
무언가 끝난 것이 아니라
내 안의 방향만
조용히 바뀌었을 뿐

제주를 벗어나며
나는
조금 더 넓어진 나를
데리고 나왔다

길은 여기서 멈추고
걷기는 남아
나는
다른 길로
천천히 간다

해파랑길 20코스
- 강과 바다를 품은 소나무 길, 마음을 씻다

왼쪽엔
쉰 번쯤 머뭇거리다 내려온
오십천

아직
산의 말투를 버리진 못한 물이
돌을 데리고 흐른다

오른쪽엔
이방인을 품는 바다
누구든
오래 묻지 않는 방식으로
떠남을 받아들인다

나는
그 사이를 걷는다
강도 아니고

바다도 아닌
나이로

솔향이 먼저 길을 내고
발걸음은
그 뒤를 따른다

숨이 가빠질 즈음
풍력발전기 하나
하늘을 천천히 돌리며
아직 괜찮다고
아직은
바람이 남아 있다고 말한다

고불봉을 넘으며
산은 갑자기 말을 잃는다

불에 덴 나무들
검게 멈춘 가지들
살아남았다는 이유로

더 오래 서 있어야 하는 것들의
침묵

그 앞에서
나는
속도를 낮춘다

회복은
늘
걷는 사람의 몫이니까

강은 여기까지 와서
끝내 바다로 스며들고
나는
아직 돌아갈 생각 없이
오늘의 몸으로
한 걸음 더 내딛는다

그럼에도
길은

계속

앞으로 놓여 있다

공룡능선에 서면

가을이
설악에 내려앉는 순간
공룡능선은
붉은 숨결로
천천히 깨어난다

단풍이
산의 어깨에 불을 붙이면
운해는 그 불길을
은빛 날개로 덮어
세상과 하늘의
경계를 지운다

좌청룡은
동해를 끌어안고
우백호는
내륙을 품에 들여

천 년의 시간을
한숨에 펼쳐 보인다

바위마다
기억이 눌어 있고
능선마다
숨결이 머문

이 대지(大地)의 맥박 앞에서
나는
한 점 바람에 지나지 않음을 안다

거칠던 숨은
고요로 가라앉고
심장은
자연의 큰 북소리에
잠시
귀를 맡긴다

국립공원 제1경이라 불리는 이곳

누가
감히
토를 달 수 있을까

말은
여기서 멈춘다

침묵만이
이 장엄한 탄성에
닿을 수 있으므로

캐모마일 꽃차

어둠이 두꺼워질수록
콧대 높은 너에게
살짝 손길을 건넨다

송이째 쪄 말린 꽃을
은은한 열로 쓰다듬으면
따뜻한 황금빛이 번지고

뜨거운 잔 위에 드리우자
금세
사과 향이 깃든다

그 향에
찌든 심신을 기대면
하룻밤
통잠이 천천히 내려온다

틈에서 피어나는 힘

삶은
자주
좌절을 준다

그럼에도
바위틈 사이로
나무는 자라고
돌 위엔
이끼가 눕는다

흙이 없어도
자라고
빛 없어도
푸르다

우리 모두
척박한 현실 속에서

넘어져도
다시 일어나는 힘

그 마음이다

포레일[***]에 핀 기억

기적 소리 밀려난 자리
은퇴한 객차 하나
기억의 얼개 속에
조용히 갇혀 있다

진동에 찌든 침목은
철 조형물의 손길에
주름을 펴고

소음에 눌려 살던 옛집들은
하나둘
카페로 갈아타
추억의 시간을
다시 끓인다

[***] 포레일: '포항철길숲'으로 forest(숲)와 rail(철도)의 합성어. 폐철도(동해남부선의 옛
포항역~효자역)를 활용하여 조성

완행열차의 재잘거림은
모였다 흩어져
띠앗길 광장이 되고

백 년을 달려온 흔적은
적벽돌 갤러리에 누워
서서히
속도를 늦춘다

폐철도는
이제 생명길
계절마다 새 옷을 입고
숲처럼
느리게 흐른다

가을의 이별법

이슬을 업은 나뭇잎,
갈바람에 몸을 맡기며
가을빛을 걸치고 떠날 준비를 한다

누군가 떠난다 해도
그건 끝이 아니라
봄을 품으러 가는 길

계곡물은 가마를 띄워
딸 시집보내듯 살포시 밀어낸다
흘러야 새싹이 트니까

그리하여 이별은
슬픔이 아니라
다시 피어날 약속이 된다

가을은 쓸쓸하지 않다

그 안에 이미

새봄이 숨 쉬고 있으니까

하늘과의 동업

호랑이 등짝 같은 동해안에
띠를 두른 가을장마
한 달 내내
하늘이 울먹인다

농부는 하늘과의 동업자
그러나
동업자의 심기를
먼저 건드린 쪽은 인간이었다

달아오른 바다 위로
먹구름이 언짢은 얼굴로
들판을 서성이다
수확의 꿈을 적신다

배춧속이 물러앉듯
농심도 함께 주저앉는다

이상 기온의 빚은
그 누구에게도
청구할 수 없음을

하늘과 땅이
말없이 일러 준다

이 가을
우리는 순리를 배운다

개명(改名)

이름 자체에는
못난이가 없다

못나 보이게 만든
기준이 있었을 뿐

불리지 않은 이름은 없고
사랑받지 못해
작아진 목소리만 있었을 뿐이다

그래서 개명은
글자 몇 획을 고치는 일이 아니다

몸에 밴 삶의 태도와
붙들고 살아온 가치관을
함께 바꾸는 일

이전의 나와는
같지 않아야 한다는
책임을 떠안는 것

개명은
이름이 아니라
사람이 다시 불리는 일이다

텃밭에 봄이 내리면

창포산 재넘이가 지나간
텃밭엔
봄 향기가 먼저 들어앉는다

서리꽃 툭툭 털고
갑옷을 빼앗기고도
몸통이 멀쩡한
봄동의
은은한 겨자 향

가혹한 칼바람의 날끝에
피범벅이 된 채
기어이
후손을 퍼트리려는
상추의
떫은 향

긴 목마름 끝에
늘어진 죽지에서
겨우 내뿜는
대파의 알싸한 매운 향

도톰한 팝콘처럼
투명한 치마를 두른
매화 꽃망울의
풋풋한 살 향

봄이 앉은 텃밭은
동장군의 위세를 꺾은
작은 전리품들로
가득하다

봄동

밤새
하얀 분으로
몸을 단장하고
아침을 피운다

서리꽃 위로
햇살이 비벼대면
납작 펴
속살을 내놓는다

겨우내
얼리고 녹이며
마침내
초록빛 단맛을 품는다

어느새
봄동의 아삭한

기시감이 달려와

입은 저만치

봄맞이에 나선다

잡초의 항변

누군가는 나를 잡초라 부른다
볼품없고 쓸모없다며

그러나
비바람 속
뿌리는 더 깊어지고

눈길 한 줌, 물 한 방울 없어도
햇살 한 줌이면 충분하다

장미는 향기롭다
그러나 그늘을 지키는 이가 있는가

길모퉁이 풀잎 하나
먼지 속에 살아 있는 건
살아 있으려는 의지다

잡초는 꽃이 아니라고 말하겠지만
나는 안다
세상을 푸르게 물들이는 건
언제나 나 같은 잡초라는 것을

141

텃밭의 속삭임

텃밭이 내게
나지막이 말을 건다

겸손하라고
밭길 소리만큼만
내어 주겠다고

인내하라고
씨를 뿌리고
열매가 오기까지
조바심 내지 말라고

상생하라고
아무리 애써도
풀은 혼자
이길 수 없다고

미루지 말라고
때는 잠깐
머물 뿐
놓치면 소출도 없다고

나누라고
텃밭에서
인심이 나니
손부터 내밀라고

텃밭은
큰소리로 가르치지 않는다
삶의 지혜는
이렇게 흙 속에서
조용히 근육이 된다

3월

매몰찬 살바람에
여윈 꽃망울이
몸을 움츠린 채
하늘을 향해
빼꼼
고개를 든다

봄나물은
몸을 낮추고
초록 한 모금
봄볕을 모은다

흩날리는 봄비에
갯것들은
숨비소리를 씻고
나들이의 설렘으로
짠내를 털어낸다

물오르는 달
산과 들의 숨결이
오선지 위를 건너
희망의 선율을
지천으로
피워 올린다

3월,
나는
다시
희망으로
마주 선다

매화가 필 때

대보름달이
겨울비를 건너와
추위를 한 겹 걷어낸다

소원지를 품은 매화의 꽃망울
달빛에 닿아
그저 열린다

봄은
소리 없이 먼저 와
아침 햇살 곁에
연한 숨 하나를 남긴다

가지 끝에 핀 꽃잎 위에
말하지 못한 바람 하나
잠시 두고

피어나는 일은

기쁨이기보다

계절이 제 몫을 다하는 일

나는

그 앞에

가만히 서 있다

12월

단단하던 다짐도
느슨해진 맹세도
파도처럼 번갈아 밀려와
우리 마음의 가장자리부터
조용히 허문다

후회는
썰물에 휩쓸려 사라지고
작은 성취들은
밀물에 실려
은은한 빛으로
다시 발끝을 적신다

매듭처럼 엉켜 있던
12월
세월에 떠밀려 흔들리던 마음도
파도 소리에

결을 맞추며
차분히 가라앉는다

그리고 저 멀리
수평선 위에서—
누구에게도 보이지 않게 피워 올린
한 줄기 새 희망이
조용히
문을 연다

아기처럼 늙어 가는 길

ⓒ 조현국, 2026

초판 1쇄 발행 2026년 2월 19일

지은이 조현국
펴낸이 이기봉
편집 좋은땅 편집팀
펴낸곳 도서출판 좋은땅
주소 서울특별시 마포구 양화로12길 26 지월드빌딩 (서교동 395-7)
전화 02)374-8616~7
팩스 02)374-8614
이메일 gworldbook@naver.com
홈페이지 www.g-world.co.kr

ISBN 979-11-388-5501-3 (03810)